우리 그런 말 안 써요

창비
청소년
시 선
49

우리
그런 말
안 써요

권창섭 시집

창비

차
례

3월

들어올 때 뒷문 닫으랬지
사물함 문 잘 닫으라니까
핸드폰 집어넣으라 했을 텐데
지금이 화장 고칠 시간이니
벌써 같은 학교 삼 년째 다니면서
같은 말을 몇 번이나 반복해야 하니

담임은 내가 할게 반장은 누가 할래
아무도 손 안 들면 내 맘대로 시킨다
추천할 사람 있으면 추천해 봐
얘요 쟤요 이러지 말고 이름을 정확히 말해
종례 시간에 선거할 테니까 후보들 정해 놓고
1번이랑 2번이 일주일간 주번 해 주고

딴 쌤들한테 쌤 안 부끄럽게 사고들 치지 말고
지각이나 결석 할 것 같으면 미리 연락 주고
수업 중에 혹시 아프면 주저 말고 보건실 가고
싸우지들 말고 아니, 싸우면 꼭 화해들 하고

공부는 못해도 돼 늬들이 잘하겠니
일 년간 쌤 속 썩이지만 마라

갑자기 드르륵 앞문이 열리고
— 야, 너 교탁에서 뭐 해?
쌤, 쟤가 쌤인 척 연기했어요!
— 그래? 그럼 네가 일 년간 담임 해라 쌤이 학생 할게
온 반이 까르르

그건 또 싫어서
얌전히 책상에 가서 앉는 학생과
피식 웃은 뒤 출석을 부르는 선생님은
금세 또 심드렁해지는데

이제 한 학기 시작이다
조금 웃고 조금 울게 될 것이다
같은 얘길 수십 번 하고 또 수백 번 하게 되겠지
공부도 못하겠지 선생님 속도 제법 썩이겠지

물론 선생님도 학생들 속을
새까맣게 태울 테지만

제1부
매일
시 쓰는
사람

진로 상담

홍대 가려면 어떻게 가야 해요?
여쭤보는데
뉴진스의 하입 보이요
라고 답변하시면 어쩌지

이대 가려면 어떻게 가야 해요?
여쭤보는데
이대로만 쭉 가라고
아무짝에도 쓸모없는 말 하시면

어쩌지 어쩌지
어떻게 가야 하냐고 묻는 나에게
왜 가려 하는 거냐고
반문해 주시지 않으면 어쩌지

대학 얘기만 하는 나에게
대학 얘기만 해 주시면 어쩌지
서울 한번 안 가 본 나에게

서울 얘기만 해 주시면 어쩌지

다신 안 볼 친구 만나기

잘 지냈냐는 질문에
알맞은 대답이 필요해서
그럭저럭이란 말이 생긴 게 아닐까

별일 없냐는 질문에
마땅한 대답이 필요해서
그냥저냥이란 말이 생긴 게 아니겠냐고

잘 지냈는지 별일 없는지
모르겠어서 그냥
글쎄
라고 답하고
너는?
이라고 반문하면

"맨날 공부하지 뭐, 넌 맨날 시 써?"
라며 내게 다시
마이크를 넘기는데

맨날 쓰는 건 아니라서 또
그냥저냥, 그럭저럭
이라고 답했다

"근데 시 써서 대학을 어떻게 가?"
라는 물음엔
글쎄
라고 답은 했는데
너는?
이라고 되물을 순 없어서

담에 보자, 난 저기로 갈게
인사하니
"그래, 대학 가면 연락해."
라는데

오늘은 조금 돌아

집으로 간다

쟤 이름이 뭐였더라
그냥저냥, 그럭저럭
흔한 이름이었는데

아까까진 알고 있었지만
지금부터 까먹는다

11월

춥다고 말한다면
앞문이, 뒷문이, 창문이
열리고 닫히고

춥다고 말한다면
책상이, 걸상이, 교탁이
삐걱거리고

춥다고 말한다면
연필이, 볼펜이, 노트 위에서
덜덜 떨다가 누웠다가
다시 일어나

춥다고 말한다면
교실이, 학생이, 선생이
졸다 깨서 다시

기지개 켜는데

선생님, 선생님,
이렇게 추운데도 자꾸만 졸려요

학생아, 학생아,
나도 그렇다

선생님, 선생님,
이렇게 졸린데도 집엘 못 가요

학생아, 학생아,
나도 그렇다

선생님, 선생님,
집엘 못 가니 집엘 가고 싶어요

학생아, 학생아,
나도 그렇다

다시 엎드려 얼굴을 묻는데

춥다고 말한다면
선생이, 학생이, 교실이
저마다 놓여

아무리 히터를 틀어도
교실은, 학교는, 이곳은
너무 추워서

춥다고 말한다면
책상이, 걸상이, 교탁이
저마다 놓여

춥다고 말한다면
앞문을, 뒷문을, 아무도
열지 못하고

선생부터 학생까지
1번부터 30번까지
떨면서 조는
11월 30일
자다 깨면 어느새
12월 1일

12월

하나 둘 셋
하면 삼켜지는
오늘 달콤 사탕

또
하나 둘 셋
하면 삼켜지는
오늘 점심 급식

또또
하나 둘 셋
하면 삼켜지는
오늘 숙제 많아

또또또
하나 둘 셋
하면 삼켜지는
오늘 울컥 한숨

또또또또
하나 둘 셋
하다 삼켜 버린
하루 한 달 일 년

너 거기 있어, 열일곱?
나 와 버렸어, 열여덟

또? 또?
하다 하나 둘 셋 만에
꿀꺽! 삼켜 버린
올 한 해 열두 달

매일 시 쓰는 사람

1연에선
배경이 되는 정황을 제시하려 했다
학교나 병원, 공원은 너무 흔하고
공장이나 법원, 카지노 같은 데는 잘 알지 못해서
고속버스 터미널 정도로 정했다
출발 시간은 새벽 여섯 시쯤이 좋겠다

2연에선
서사의 중심이 될 인물을 등장시키려 했다
열여덟 살, 고등학생으로 설정하면
'나'가 너무 내가 될 것 같았다
거리를 두고 싶었다 여긴 터미널이니까
삼십 대, 직업은 알 수 없음 정도면 어떨까 싶다

3연에선
인물의 정서와 감정을 표현하려 했다
너무 슬프거나 우울한 건 별로
그렇다고 발랄하거나 경쾌한 건 더 별로

이유 없이 복잡한 감정을
소지품들로 은유하고 싶었다
그의 가방 속을 꽉꽉 채워 넣으려 했다

4연에선
핵심 사건을 전개하려 했다
옆 좌석에 첫사랑이 앉아 있음 어떨까
휴게소 화장실에서 가방을 잃어버림 어떨까
그가 어쩔 수 없는 사건보다는
그가 어쩔 수 있는 사건이어야만
나도 어쩔 수 있을 것 같다
시를 완성할 수 있을 것 같았다

5연에선
인물의 인식과 감정에 변화를 주려 했다
버스를 타기 전과 후의 마음은 다르겠지
꽉 차 있는 그의 가방을
조금은 비워 주고 싶었다

무엇을 버리고 무엇을 남겨 둘까
그에게 물어보고 싶었으나 그가 사라져서

그래서
그런데

6연에선
시를 완성하지 못했다
목적지에 도착한 버스, 그의 좌석엔
그는 없고 가방만 덩그러니 놓인 채
'오늘 완성되지 못한 시는 내일 다시……'
라고 적힌 메모지가 떨어져 있었고
글씨는 꼭 내 것 같았는데

7연에선
난 조용히 그 자리에 앉아 창밖을 바라보았다
텅 빈 버스에 다시 사람들이 올라타기 시작했고
성별을 알 수 없는 어른 한 명이

내 옆자리에 앉아 가만히 눈을 붙였다
무엇이 들었는지 그의 가방은 꽉 차 있었고
버스는 천천히 출발하기 시작했다

1월

1월부터 12월까지 적힌 쪽지 중
하나를 고르고
갖가지 동물이 적힌 쪽지 중
하나를 골라
이 둘을 합해
시를 써 보기로 했다

앞다투어
쪽지를 뽑고 펴고
감탄사들이
튀어나왔다 동물 울음소리처럼

'2월의 코브라'가 된 연서
'3월의 카멜레온'이 된 나예
'4월의 캥거루'가 된 지은
'5월의 앵무새'가 된 하윤
'6월의 코끼리'가 된 서은
'7월의 돌고래'가 된 아현

'8월의 오랑우탄'이 된 정인
'9월의 낙타'가 된 나연
'10월의 부엉이'가 된 은영
'11월의 펭귄'이 된 수안
'12월의 코알라'가 된 진성

쌤, '1월'을 뽑은 '사람'이 없어요
그래? 그럼 쌤이 '1월의 사람'이 될게
동물들은 시를 쓰렴

제비뽑기할 때까진 웃는 소리가 났는데
시를 쓸 때부턴 우는 소리가 난다

코브라 우는 소리 아는 사람?
낙타가 우는 소리 아는 사람?
코알라 우는 소리 아는 사람?

여기 사람이 어딨어?

쌤이 사람이잖아

사람이라서 오히려 모른다
나는 쌤이라서 너희들을 잘 몰라

1월은 1월대로 흘러가고
2월부터 12월까지 동물들의 시가 만들어진다

낭. 독. 회.

친구는 제목을 읽은 뒤
자신의 이름을
한 글자
        한 글자
                한 글자
끊어서 읽었다

생각해 본 적 없었는데 성이 참 특이했구나
가운데 글자에선 파도 소리가 들리고
마지막 글자를 들으니 잠시 이곳이
교실이 아닌 것처럼 느껴져서

미안,
네 이름 생각하느라
시 낭독 제대로 못 들었어
다시 낭독해 달라 부탁하진 못하겠지만

네가 읽은 네 이름은

내가 부르는 네 이름과 다르고
선생님이 부르는 네 이름과도 다르고
칠판에 적혀 있는 네 이름과도 다른데

이미 시인인 것 같았어
평소의 너는
영원히 시인이 못 될 것만 같은 모습인데

다음은 내 차례다
모두들 눈 감아 줄래?
나 역시 이름을
한 글자
　　　　한 글자
　　　　　　　　한 글자
끊어 읽어 본다

이해 더하기 오해는 친해

내 시를 보여 주니
눈물이 보인다는 친구는
저번에 나랑 펑펑 울어 본 친구

그냥 같이 울어 보고 싶어서
슬픈 사연을 박박 긁어
눈물이 더 안 나올 때까지
함께 울어 본 적이 있었는데

눈물이란 단어를 안 썼는데도
이 시에서 눈물을 보았다면
그건 그냥

내 실수지
나는 그냥 웃음이 적은 사람에 대해
쓰고 싶었을 뿐인데
겨우 그런 건데 나의 시로
널 울리려고 그런 건 아니었는데

응? 나 울진 않았어
그냥 네 시에서 네 눈물이 보였을 뿐
이라고 친구는 말하는데 그렇다면
그건 그냥

내 오해지
내 시에서 내 눈물을 보았다는 네 말에서
흐느낌이 들린 것 같은데
그냥 그런 건데 네 말을
왜곡하고 싶었던 건 아닌데

눈물도 없이 운 나를
흐느낌도 없이 운 너를
서로 계속 오해하다 보면 언젠가

내 웃는 소리 없이도
네 웃는 표정 없이도

깔깔 웃게 되겠지
오해에 오해를 거듭하며
울고 웃게 되겠지

2월

올겨울이 제일 추웠던 것 같아
눈도 유독 많이 왔던 것 같아
오래 살진 않았지만
살 만큼 살았어
지금까지 중에 제일 심했다고 말하는 건
부끄럽지 않아 내가 그렇다면 그런 거지

2월이 가장 좋은 이유는
내 생일이 있기 때문도 아니고
세뱃돈 받을 수 있어서도 아니고
학교를 안 가도 돼서가 아니고
이제 좀 덜 추워져서도 아니라

그저 그냥 제일 짧기 때문이야
3월보다 빨리 와서 1월보다 빨리 가는 2월은
재빨라서 쫓아가기 힘들고
미끄러워 잡아 두기 힘들지

양력 설과 음력 설 사이
난 나이를 먹은 것도 안 먹은 것도 아니고
겨울 방학과 봄 개학 사이
난 고3이 된 것도 안 된 것도 아닌데

확실한 건 올겨울이 가장 추웠다는 것이고
이제 좀 날이 풀렸다는 것이고
며칠 뒤 떡국을 먹고 나면
그보다 며칠 뒤 개학을 하고 나면
난 열아홉에 고3이 된다는 것인데

아마도 내 인생 가장 짧은 한 해가 될 거야
스물보다 일찍 와서 열여덟보다 빠르게 갈 올해는
재빨라서 쫓아가려다 울지도 몰라
미끄러워 잡아 두려다 넘어질지도 몰라

오래 살진 않았지만 알 수 있어
올해가 안 지났지만 알 수 있어

내가 그렇다면 그런 거지
전부 다 잘될 테니 걱정 말라는데
울지도 말고 넘어지지도 말랬는데

정말 다들
몰라서 하는 소리
아니면 다들 아니까
그냥 하는 소리 별 뜻 없이 하는 소리

2월이 후딱 왔다 후딱 가는 소리

다시, 3월

우리
셋이 다니자, 셋이 친해지자

둘은,
싸우게 되면
끝이고, 끝일 것 같고
돌이킬 수 없을 것 같고

넷은,
싸우게 되면
둘이고, 둘로 나뉠 것 같고
그 둘과 둘이 싸우게 될 것 같고

나뉜 둘은
각자 또
싸우게 되면
끝이고, 끝일 것 같고
돌이킬 수 없을 것 같은데

셋,
다리가 셋인 탁자는
흔들리지 않는대
'한 직선 위에 있지 않은 세 점은 단 하나의 평면만을 결
정하여'
기울어지거나 삐뚤거릴 순 있어도
쓰러지진 않는대

하나와 둘이 서로 팽팽할 때
다른 점에서 바라보는 셋

올해가 끝나기까지
세 달이 셋, 아홉 달
다리 셋, 세 개의 점, 세 사람으로

우리
셋이 다니자, 셋이 친해지자

영어로는 Set

다리 Set! 세계의 점, 새 사람으로

모의고사

나는 한국인이 아니다*
라고 유명한 시인께서 말씀하셨다는데
저도 오늘

한국인이 아닐
뻔했습니다 국어 4등급 그렇다고
외국인도 아닌
것 같습니다 영어 5등급 그런데 다시
한국인이 아닌
것 같습니다 한국사 6등급 결국

7등급이나 8등급까지 가진 않았는데
엄마는
수학 7등급만 보고
니가 이러고도 사람이냐 니가 이러고도 학생이냐
하시는데요

이래 봬도

사회문화는 3등급입니다만,
생활과 윤리는 무려
무려 2등급입니다만

그렇다면
그래도 꽤 괜찮은 사람인 건 아닐까요
1등급까진 아니라도 꽤 쓸 만한
사회적인, 문화적인, 윤리적인
사람인 건 아닐까요

한국인이 아닐 뻔, 외국인도 아닐 뻔했지만
제가 이러고도 학생인진 잘 모르겠지만

국적이 성적순은 아니잖아요
사람이 성적순은 아니잖아요

과학 시험도 봐야 했다면
8등급이기라도 했다면

큰일 날 뻔했습니다
생물이지도 못했을 뻔했습니다

Yes and No

내 이름은 '응'이야
응? 하겠지만 정말로

내 이름은 '아니'야
아니? 하겠지만 정말로

친구들한테 놀림깨나 받겠다
심지어는 선생님들한테도

십팔 년째라 익숙한걸 뭐
십팔 년 뒤에도 익숙할 텐데 뭐

반가워
괜찮으면
학원에서 같이 앉을래?

놀림도 나누면
반이 되거나 혹은

두 배가 되겠지

그런데
"네 이름 참 예뻐."라고 말하면
"응, 맞아, 예뻐."라고 말하는 아니와
"네 이름도 참 예뻐."라고 말하면
"아니야, 뭐가 예뻐."라고 말하는 응은

성격이 마냥 이름 따라가진 않아서
나란히 앉은 모습이 보기 좋아

근데 성은 뭐야?
비밀이야, 성 붙이면 이상해
진짜, 너도? 나도 그래

응 짝꿍 아니랑
아니 짝꿍 응은

일주일에 두 번씩 학원에서 만나
수능까지 함께할 예정

응? 공부할 거야?
아니? 놀 건데?

우리 그런 말 안 써요

어쩔티비 저쩔티비 안물티비 안궁티비 쿠쿠루삥뽕
저런 말을 쓴다고요?
누가요?
저희가요? 죄송한데

우리
그런 말 안 써요

우리가 쓰는 말도 어쩌면
당신들이 쓰는 말과 같아서

우리가 쓴다고 하는 말들은
우리가 안 쓰는 말들

당신들에게 낯선 말들이
우리에게도 낯선 말들, 하지만

덕분에 새로운 말을 배웠습니다

어쩔티비 저쩔티비 우짤래미 저짤래미 지금화났쥬 개킹
받쥬

우리가 쓰는 말이라고 해 주시니
앞으로 잘 쓰겠습니다
이제부터라도 열심히 사용하겠습니다
현재에 머무르지 않고 더욱더 갈고닦겠습니다
후대에 잘 전승하겠습니다

어긔야 어강됴리 아으 다롱디리처럼
얄리얄리 얄랑셩 얄라리 얄라처럼

오래오래 남는 말이 될 수 있도록
최선을 다해 보지요

뭐라고요?
저희요?
언어 파괴 하지 말라고요?

48

재밌다고 할 땐 언제고

어쩔티비 저쩔티비 안물티비 안궁티비 뇌절티비 이제
와서

쿠쿠루삥뽕

제2부

수업은
담에 들어도
되잖아

4월

남의 일을 너무 오래 생각하면
나의 일처럼 느껴지듯이

나의 일을 너무 오래 내팽개치면
남의 일처럼 느껴지는데

오래 돌아오지 않는 것들에 대해
생각하기로 했습니다

돌아오지 않는 것들에 대해 오래
생각하기로 했습니다

사월이라 그런 것이라고 선생님은
말해 주었습니다만

어느 달이든 이럴 수밖에 없다고
생각했습니다 우린

나의 일과 남의 일이라는 것은 잘
구분되지 않았습니다

남의 일을 오래 내팽개치지 말자고
나의 일을 오래 생각하지 말자고

다짐했습니다

퇴고 연습

불편한 낱말은
얼른 지워 버리기
밑줄을 치거나 색을 바꿔
오히려 눈에 띄게 하지 않기

지운 자리는
오래 비워 두지 않기
괄호로 남겨 두지 않기
새로운 낱말로 얼른 채워 넣기

새로운 낱말이 찾아지지 않는대도 절대
울지 말기
일단 한숨 푹 자고 일어나기
기지개를 켜기

꿈에서 주운 낱말로
함부로 채워 넣지 않기
물 많이 마시기

비타민 잘 챙겨 먹기

너무 오래 생각하는 것을
너무 오래 생각하지 않기
볕이 좋으면 볕을 쬐고
비가 오면 비를 맞기

그러다 날 웃게 하는
낱말을 만나면 냉큼
빈칸에 채워 보기
소리 내 읽어 보기

더 좋은 시로 만들려는 마음이
더 좋은 날로 만들려는 마음과
닿게 하기
더욱더 닿게 하기

호흡이 멈추는 곳에서

행을 갈기
억지로 낱말과 낱말을 이어 붙이지 말기
한숨 쉬지 말기

그만 고치고 싶으면
그만 들여다보기
옷에 인 보풀들을
온종일 잡아 뜯지 말기

지각왕

오늘의 지각 사유

비 옴 그래서 슬픔

아니 슬픔까진 아니고 우울

아니 우울보다는 센티멘털 멜랑콜리 아무튼 뭐 그런, 그
래서

교복 다 챙겨 입고 가방 메고 버스 타고 학교 가다가

한 정거장 먼저 내림 그냥

비 옴 그래서 슬픔

슬픔까진 아니고 배고픔

배고픔까진 아니고 출출함

아니 출출함보다는 허전함, 그래서

편의점에 가서 컵라면에 맥반석계란 먹다가

맛이 없음 너무 없음 계속

비 옴 그래서 슬픔

슬픔까진 아니고 심심함

심심함까진 아니고 지루함

아니 지루함보다는 다소 기분이, 기분이,

기분이 좀 그래서 일단 걸음 그런데

갈 곳 없음 어딜 가든 교복이라 눈치 받음 시선 받음 그
러다 보면
엄마한테 전화 옴 쌤한테 전화 옴 그리고
비 옴 그래서 슬픔
아니 슬픔까진 아니고 나쁨
나쁨까진 아니고 그냥 안 기쁨
갈 곳 없고 가야 할 곳 있음
교복을 입었으면 꼭 가야 하는 거라 갈 데가 없어서 가
야 하는 거라
왜 늦었니 물어보면
오늘의 지각 사유
비 옴 그래서 슬픔
아니 슬픔까지는 아니고 별일 아님
별일 아님보다는 그냥 지각임 그냥 그러고 싶었음
등교 시간 여덟 시니까 넘 빠르니까
빠름까지는 아니고 그냥 싫으니까
싫음까지는 아니고 그냥 제시간에 가고 싶지 않아서
오늘의 지각 사유

58

비가 와서 아니고, 기분 슬퍼서 아니고
이것저것 아니고 그냥
결석 사유 없어서, 지각 사유 있어서

우산잔디가 거울에 보이는 것보다 가까이 있음

감기 기운도 없는데
자꾸 재채기랑 콧물이 나와
병원 가서 알레르기 검사를 해 보니
알레르기성 체질이라 한다
외부 자극에 적당히만 방어하면 될 것을
필요 이상으로 반응하는
그런 몸, 그런 사람

— 오리새를 조심하시고요
   우산잔디는 특히 조심하세요
   늦여름부터 심할 수 있으니
   가을에 특히 조심하시고요

오리는 물론 알고
오리가 새인 것도 물론 아는데
오리새란 풀이 있다는 건 이번에 처음 알았네
우산은 조심할 수 있고
잔디도 조심할 순 있는데

우산잔디는 어떻게 조심해야 하는 걸까

— 내 몸이 아닌 외부 물질은 어느 정도 독인 법이에요
　알레르기가 있다는 건 싸울 힘이 제법 있는 몸이란
뜻이고요

나쁘고 못된 걸 조심하는 법은
매일같이 배웠다
배우지 않아도 알 수 있는 것들이라
필요한 만큼 반응할 수 있는 것
적당한 만큼 조심할 수 있는 것
스스로 조절할 수 있는
그런 사람이라 믿었는데

나쁘지 않은 것은
어떻게 조심해야 하는 거지?
만날 수 없는 것은 정말이지
어떻게 왜 조심해야 하는 걸까

만난 적도 없는 오리새가
저 멀리 날아가고
만진 적도 없는 우산잔디를
마음속에서 뽑아 낸다

자주 만날 수 있다는 건
조심할 필요가 적다는 뜻
돌아가는 길에
산책 나온 친구를 만났다
강아지 알레르기가 없어서 다행이야
친구도 안을 수 있고
강아지도 안을 수 있다

너 우산잔디가 뭔지 알아?
응 알아, 여기 공원에 엄청 많아 바로 저거야
네가 우산잔디를 어떻게 알아?
나 우산잔디 알레르기, 공원 올 때 약 먹어

에취!
듣기 전까진 멀쩡했는데
듣자마자 재채기가 바로 나온다
만난 적도 없고
만진 적도 없는 줄 알았는데
생각했던 것보다 가까이 있었던

나쁜 것도 아니고
못된 것도 아니라
덜 싸울 필요가 있다
자주 만날 수 있으니까
조심할 필요는 있다는 뜻
예보도 없었는데 빗방울이 떨어지고
의미 없이 손으로 머리를 가리는 사람들

오리새는 새도 아닌데 다시 날아오고
우산도 아닌 우산잔디를 머리에 쓴다
에취! 멍!

젖은 잔디에 강아지가
온몸을 비빈다

5월

날씨 너무 좋지 방과 후 하기 싫어 나가자
일단 가방부터 싸고 봐
쌤한테 말할 필요도 없어
엄빠한테 말할 필요는 더 없겠지
그런 건 천변 가서 오리한테 말하는 거야
나 오늘 수업 쨌다 날랐다
그런 건 코노 가서 마이크에 대고 외치는 거지
노력은 우리에게 정답이 아니라서*
난 차라리 흘러갈래 난 차라리 굴러갈래**
목청 높여 불러 보는 건 어떨까
점수 제거 버튼부터 누르는 거 잊지 말고
마라탕부터 한 그릇 뚝딱하는 것도 괜찮지
각자의 취향이 담긴 그릇은 각자가 책임지는 거야
욕 나오게 매운 맛을 선택했다면
시원하게 욕을 내뱉어도 되는 거겠지
ㅅㅂㅈㄴ 맛있다고 눈치 안 보고 하고픈 말 다 할 수 있어
이것저것 다 맘에 안 든다면
도서관에라도 가 보는 건 어떨까

아무 책이나 서로에게 골라 주고 강제 독서 하는 거지
그 누구도 펼쳐 보지 않았을 것 같은 책의 한 문장을 외우는 거야
그 문장을 오늘 기억의 증표로 삼는 거지
먼 훗날 우리가 서른 되고 마흔 되었을 때도
그 문장으로 서로를 기억하게 될지도 몰라
창밖을 봐 이런 날 방과 후를 어케 들어 그건 너무 억울해
그러니까 얼른 가방 싸 수업은 담에 들어도 되잖아

6월

많이 울었다
함께 울어 주는 사람이 있을까 봐

아침부터 엎드려 있었다
영어 시간도 수학 시간도
쉬는 시간도 점심시간도
오래 엎드려 있었다
혹시 깨워 주는 사람이 있을까 봐

청소 시간이 되자
청소 당번이 나를 곱게 쓸어
쓰레받기에 담았다
쓰레기통에 담겨
오래 웅크려 있었다
혹시 꺼내 주는 사람이 있을까 봐

어두워질 때까지
움직이지 않았다

불이 꺼지고 문은 잠기고
오래 잠들어 있었다
혹시 깨워 주는 사람이 있을까 봐

모두들 집으로 돌아가도
종이 울렸다
눈을 뜨니 조금 쌀쌀했다
돌아가려 해도
돌아갈 곳이 없었다

유월이라 많이 울었다
이런 날 보고 웃어 버리는 사람이 있을까 봐
육월이면 울지 않았을 텐데

왜 우냐고 물어보면
앞으로는 안 울 자신 있다고
대답할 수 있었는데

다음 날에는
많이 웃었다
함께 웃어 주는 사람이 없을까 봐

ENFP a.k.a. 꽃밭

앉아도 돼?
급식실에선 오랜만이네
맨날 점심 굶고 잠만 자더니
친구들도 있으면서 왜 혼자 먹냐? 청승맞게
네가 좀 재수 없어서 밥은 같이 먹기 싫은가?
뭘 그렇게 째려보냐
너도 알잖아, 너 재수 없는 거
스스로 그렇게 캐릭터 잡았으면서
괜히 어려운 말 섞어 가면서 차갑게 말하는 거잖아
근데 있지
더 있는 척해 봤자 더 있어 보이진 않아
오히려 더 없어 보여, 싸가지 출장 간 거처럼 보이거든
그래 봤자 우리 다 뭐 똑같은 고3 아니냐
벌써부터 대단한 시인인 거처럼 굴면 어떡해
야 근데 계란말이 안 먹으면 나 먹는다
그니까 세미나 시간에 띠껍게 좀 말하지 마
쉬는 시간에 너 화장실 갈 때마다 애들이 너 욕해
하긴 뭐 이미 알고 있나?

알면서도 그러는 건가?

하긴 캐릭터니까

근데 뭐 나쁘지 않아

네 의견이 맞는 경우가 대부분이긴 해

그냥 말만 좀 예쁘게 하라고, 아 다르고 어 다르잖아?

'이 비유는 별로예요'라고 할 걸 '이 비유는 약간 아쉬워요'라고 하면 된다고

안 어렵지? 다음 시간에 지켜본다?

어때, 나 좀 착한 편?

근데 왜 이렇게 안 먹어? 입맛 없어?

말 예쁘게 하면 담에도 내가 밥 같이 먹어 줄게

오늘은 먼저 일어난다, 마저 먹고 와

요거트 하나 더 먹을래? 난 쾌변이라

너 화장실 가면 십 분씩 있더라

아직 밥 먹는데 똥 얘기는 좀 그런가?

헤헤 미안, 먼저 간다!

ISTJ a.k.a. 자갈밭

(쟤, 뭐야······
쉴 새 없이 떠들면서
말 한 마디 안 한 나보다
더 빨리 먹네······)

급식 시간

초딩처럼 귀엽다는 말
싫지는 않은데 그렇다고 막
좋은 것도 아니어서

난 그냥 밥알을 씹어
그리고 김치 한 조각을 입에,
앗, 생강

내 시가 동시 같다는 말
기분 나쁠 것까지는 아닌데
목소리 말고 그 말을 하는 표정이 자꾸
눈앞에 맴돌아서

질끈 눈을 감고
좀 질긴 불고기를 씹어
안 먹던 브로콜리를 씹어

국을 몇 숟갈 떠서

꿀꺽 삼켜 버리고 나면

귀엽다는 말이 나쁜 말인 것은 아닌데
동시 같단 말이 나쁜 말인 것도 아닌데
생각하며 입을 닦다가도

내게 싫은 말인 것은 맞지
좋은 말도 기분 나쁠 수야 있지
생각하면

김치 속 생강처럼
좀 질긴 불고기처럼
못생긴 브로콜리처럼

못된 말을 한바탕 쏟아 놓을까 하다가도
그냥 물을 마신다
한 모금, 두 모금
모자라면 세 모금

74

같이 투자

넌 언젠가 무척
유명해지겠지
집도 잘살고 얼굴도 예쁜데
똑똑하기까지 하니까
네 스스로도 꼭
유명해지겠다고 했으니
아마 넌 꼭 그렇게 될 거야

그런 네가 샘나거나 얄밉거나
짜증 나는 건 아냐
그냥 살짝 재수 없을 뿐
약간의 약간만큼, 새 발의 피의 피만큼

널 싫어한다 말하면 내가 속 좁은 사람이 될 만큼
널 좋아한다 말하면 내가 속없는 사람이 될 만큼

저주보다는 응원에 조금 더 가까워서
비관보다는 낙관에 조금 더 가까워서

기대돼 앞으로의 네 모습
기대보다는 예상에 조금 더 가까운 듯하지만

유명해지기 전에 네 사인
미리 받아 놓을게
유명해진 뒤 받으면 백만 원
지금 받으면 공짜이니까
사진도 몇 장 찍어 둘 거야

나중에 우리 다시 만나면
네가 내 이름 기억할까
혹시 모르니 나도 내 사인을
네게 한 장 건넨다

언젠가 먼 훗날 네 얘기가 나오면
나도 슬쩍 관심을 받겠지
나 얘랑 같은 반이었다고
얘랑 찍은 사진도 있다고

"그때도 참 괜찮은 애였어."
"그때도 참 예쁘고 착한 애였어."
라고 말해 줄게
그러니 꼭 유명해지렴
나쁜 일보다는 예쁜 일로
못된 일보다는 착한 일로

사진첩을 뒤져
너랑 찍은 사진을 자랑할 수 있도록
"우와, 진짜 친구였네." 소리 들을 수 있도록

이건 아마 우정보다는
친분 정도에 가까운 것 같지만
이건 아마 응원보다는
투자 정도에 가까운 것 같지만

손민수 금지

그 애의 시가 너무 좋아서
뒤에서 몰래
찢어 버렸다

오렌지 향이 날 것 같은
너무 예쁜 미소는
내가 차마 어떻게 할 수가 없어서

좋은 대학을 이미 맡아 놓은
너무 좋은 성적은
내가 도무지 어떻게 할 수가 없어서

여기서도 찾고 저기서도 찾는
너무 좋은 인기도
내가 어차피 어떻게 할 수가 없어서

내가 어찌할 수 없는
그 애가 너무 많은데

어떻게 해 버릴까 두려워서
박박 찢어 버렸다

그건 내가 어떻게 할 수 있을까 봐
그 애의 시를 따라 쓰게 될까 봐

자꾸만 그 애를 닮고 싶어 할까 봐

7월

에어컨을 켜면
야 넘 추워
뭐야 그럼 담요 덮어
아니 그냥 에어컨 꺼

에어컨을 끄면
야 넘 더워
뭐야 그럼 셔츠 벗어
아니 그냥 에어컨 켜

에어컨을 켜면
야 넘 추워
뭐야 그럼 송풍으로 바꿔
아니 그냥 에어컨 꺼

에어컨을 끄면
야 넘 더워
뭐야 그럼 어쩌라고

아니 대체 왜
켜면 넘 춥고 끄면 넘 더워서

이러지도 저러지도 못할 땐
역시 선생님께 물어본다
쌤, 에어컨 켜요, 말아요?

글쎄, 이렇게 더울 땐
시를 읽어 보는 게 어떨까
게다가 지금은
수업 시간이니까
시 강독 시간이니까

뭐예요, 쌤, 제발요, 노잼
성급한 녀석이 일단
에어컨을 켜고 보는데

"이례적인 폭염과 가뭄, 타오르는 공장

넘치는 강물과 흘러내리는 산사태에도

우리가 모두 살아 있다는 사실이 이상하게 생각되
는"*……

쌤이 조용히 시를 읽으면
뭐예요, 쌤, 말로 해요
왜 시로 학생 때려요
투덜대는 녀석과
걸친 담요를 내려놓고
에어컨을 끄는 녀석과

도대체 올해는
얼마나 무서울지 모르는
한여름의 더위라는 녀석

7월부터 이렇게 더운데
8월은 어쩔 거야

끄면 넘 덥고 켜면 넘 추운 에어컨을,
여긴 넘 덥고 거기도 더 더워지는 이 더위를
대체 어찌하면 좋을 거야

아침이 밝았습니다 고개를 들어 주세요

자미아놔자미아놔
열한 시에 누웠는데 세 시까지 잠이 안 와
이러다 학교 가서
아침부터 졸고 있으면
선생님이 깨워서 왜 자냐고 물으실 텐데

어제 밤새 못 잤다고
대답하면
지적인 척 지그시 날 보면서
그런 특수한 사적 경험이 발생하면 바로 시로 옮겨야죠
라고 말씀하실 텐데

아니 잠 못 잔 게 무슨 특수한 경험이에요
반문하면
고심하는 척 턱을 괴고 한참을 쳐다보시다가
뒤척이는 동안 들었던 이런저런 생각들은 본인만의 특
수한 경험이죠
라고 말씀하실 텐데

코로나 걸려서 학교 안 가고 싶다는 생각만 했는데
제법 특수한가요, 물어보면
치명적인 척 입꼬리 한쪽을 올리면서
보편적인 사유라도 어휘나 문법을 달리 비틀어 보면 특
수성을 확보할 수 있겠죠
라고 말씀하실 텐데

자미아놔자미아놔 코로나 걸리면 코로 나와 재채기
뭐 이런 식으로 비틀면 되나요, 물어보면
아주 그냥 유식한 척 목소리를 내리깔고
설득력을 확보하지 못한 언어유희는 시적 의미를 찾지
못한 말장난일 뿐이죠
라고 말씀하실 텐데

잠이 안 와 잠이 안 와
이런 생각들만 하니까
네 시까지 잠이 안 와 결국 이렇게 다섯 시

어쩔 수 없이 일어나
이 특수한 사적 경험을 시로 옮겨 보는데

이걸 결국 과제로 제출한다면
이걸 결국 시랍시고 읽으신다면

엄청 엄청 신경 써 주는 척 한숨 푹 내쉬고는
난 아직 당신이 시에 대한 시, '메타시'를 쓸 단계는 아니
라고 생각해요
라고 말씀하실 텐데

라고 추측해 보는
아침 여섯 시, 에취!
혹시나 하고 자가 진단 해 보는 일곱 시
세상에 이게 왜 두 줄이야, 놀라는
제법 특수한 사적 경험

꿈틀!

이렇게 쓰면 안 돼
이런 건 시가 아니야

이런 것도 시가 아니고
저런 것도 시가 아니면
시는 대체 뭔데요
어떻게 써야 시인데요

여쭤보면
선생님은

그건 뭐라 정의할 수 없어
시는 계속 '시'라는 경계를 넘기 위해 꿈틀거리고 있으니까

그 말을 듣는 내 눈썹이
꿈틀,

시를 쓰고 싶어서

시인이 되고파서
이 학교에 들어왔는데
시가 무엇인진 알지도 못하고
무엇이 시가 아닌지만 알다가
끝내 졸업해 버리게 될 판

미술 하는 친구한테 물어보면
너희 쌤도 그래? 우리 쌤도 그래
무용 하는 친구한테 물어보면
겨우 그 정도야? 우리 쌤은 더 심해

예술이 뭔지보다
예술이 아닌 게 뭔지를 알아 가는 게
예술에 대해 알아 가는 지름길일까
곱게 곱게 생각해 보려다가도

사유가 부족하네
이러면 시가 될 수 없어

언어의 낭비가 심하잖아
이러면 시가 아니라니까

이런 말만 듣다 보면
꿈틀!
내 인내심이 경계를 넘어 버릴 것만 같다

어디 본인은 얼마나 시를 잘 아시나
선생님 시를 찾아보면
사유가 부족하다 못해 삼유네
언어가 낭비이다 못해 사치네 사치
낭비다 낭비!
안 사유!

혼자 생각하고 있으면
날 보는 선생님의 눈썹이
꿈틀!

오래 앉아 있어 좀이 쑤시는 교실에서
모두들 예술가가 되어 보겠다고
굼벵이처럼
꿈틀, 또
꿈틀대는 중

밍밍밍

이번 달 울 반 유행어 밍밍밍
저번 달까진 링링링이었는데
이번 달부터 입에 붙이는 밍밍밍

안녕하밍, 반가우밍, 밥 먹었밍?
　　　　화장 잘 먹었밍, 오늘따라 너 좀 예쁘밍
고마우밍, 오늘따라 넌 좀 못생겼밍
　　　　뭐라는 거밍, 미친 거임? 아침부터 말이 좀……
미안하밍, 장난이밍, 삐졌냐밍?
　　　　야, 그게 사과야? 꺼져, 오늘 말 걸지 마
아, 진짜 미안해, 왜 그래, 화 풀어
　　　　ㅋㅋㅋ 속았냐밍, 장난이밍, 니가 더 못생겼밍
아, 진짜 놀랐잖아, 연기 왜케 잘하밍, 연영과밍?

이번 달 내내 입에 붙이다
슬슬 지겨우면 담 달부턴 빙빙빙
안녕하빙? 반가우빙? 밥 먹었빙?

쎄쎄쎄

미안해 사과할게
오늘은 내가 잘못했어
그러니 이제 우리

화해하자
꽁꽁 묶인 말들을 풀고
꽁꽁 언 마음들은 녹여

내일로 흘려 보내자
우리가 아직
싸우지 않은 곳으로
서로를 아직
할퀴지 않은 곳으로

그곳에 가면 화해한
우리가 다시
눈을 맞추고 있다가 괜히

잘 풀린 말 대신
배배 꼬인 말들로
잘 녹은 맘 대신
꽝꽝 굳은 맘들로

얽히고설킬 게
뻣뻣하고 또 팽팽할 게
뻔할 테니 그럴 테니

그러니 내일은
네가 사과해
네가 잘못한 게 아녀도
내가 잘못한 게 맞아도

오늘은 내 차례였으니
내일은 네 차례
모레는 다시 또

너 자꾸 그러면 차단할 거야

차가운 얼음처럼
단단한 바위처럼
그 뜻이 아닌 건 알지만
그런 말로 들려서

머리가 꽁,
심장이 쿵,

농담인 거 알지만
투정인 거 알지만
그 말 너무 미워서
내가 먼저 차단해 버린다

야, 너 십 분 동안 나한테 말 걸지 마

지가 더 열받아서
뭐라 뭐라 하길래
이어폰을 껴 버렸다

아무 노래도 안 듣지만

8월

8, 가만히 두면

       눈사람 ⛄ 귀여운 듯

8, 옆으로 눕히면

       무한대 ∞ 끝없이 이어지도록

8, 가운데 사선을 그으면

       백분율 % 하나 둘 셋 줄을 서는

8월,

       눈사람, 한여름 속에 꽁꽁 얼어붙은

8월,

       무한대, 영원히 끝나지 않을 것만 같은 시간
       속에서

8월,

       백분율, 나란히 서지 못하고 끝없이 일렬로 선
       고3의

8월,

너무 더워

스무 살까지 네 줄 남음

아 몰라, 이젠

오든지 말든지

제3부
조금 더
흩어지는
방향으로

개학 전날

오늘은 숲에서 만나

조금 걸을 거면
우리 집 앞 낮은 언덕에서
오래 걸을 거면
너희 집 앞 높은 언덕에서

고양이를 만나려면
우리 집 앞 작은 공원에서
강아지를 만나려면
너희 집 앞 큰 공원에서

할 말이 적으면
작은 공원 앞 우리 집에서
할 말이 많으면
큰 공원 앞 너희 집에서

만나,

너의 섬, 나의 섬에서
너의 숲, 나의 숲에서

너희 동네 사람들 마주치고 싶지 않으면
우리 섬, 우리 숲에서
우리 동네 사람들 마주치고 싶지 않으면
너희 섬, 너희 숲에서

과일을 따고
물고기를 낚고
나비를 잡아
여기서만 입을 수 있는 옷을 살 거야

오늘은
동물의 숲에서 만나
온종일 누운
각자의 침대에서 만나

그리고 내일은
교실에서 만나

너희 반 사람들 마주치고 싶지 않으면
우리 반, 우리 교실에서
우리 반 사람들 마주치고 싶지 않으면
너희 반, 너희 교실에서

할 말이 적으면
급식 먹을 때 잠깐
할 말이 많으면
급식 먹은 뒤 오래

조금 걸을 거면
쉬는 시간에 복도에서
오래 걸을 거면
방과 후에 운동장에서

만나, 내일은
학교에서 만나
머리를 감고
아침을 먹고
가방을 메고
입기 싫지만 입어야 하는 옷을 입고

만나고 싶지만
만나고 싶지 않은 곳에서
만나

9반 귀신

안 믿는 사람 반
　　믿는 사람 반
　그중에서

　무섭다는 사람 반
　　안 무섭다는 사람 반
　그중에서

　보고 싶다는 사람 반
　　안 보고 싶다는 사람 반
　그중에서

　실제로 본 적 있다는
　사람 하나
　그런데 그는

우리 학교를 졸업한 뒤
올해 부임하신 선생님인데

원래 이 학교는 9반까지 있었단다
선생님도 3학년 9반으로 졸업했는데
몇 년 뒤 8반도 없어질 거야
너희가 마지막 3학년 8반일지도

안 믿는 사람 반
      믿는 사람 반
    그중에서

    무섭다는 사람 반
        안 무섭다는 사람 반
      그중에서

      졸업 후에 이 학교에 다시
      와 보고 싶다는 사람 반
          아니라는 사람 반
        그중에서

다시 와 보고 싶지 않았는데
다시 오게 되었다는
선생님 하나

9월

우리 학교 살던 고양이 이름은
작년 9월에 나타나
올해 9월에 떠나가서
구월이라 부르는데

새까맣던
말이 많던
잠도 많던
구월, 사람만 보면 움찔하던
고양이는

새끼 셋을 모두 남겨 두고
어디론가 떠나가 버림

누가 첫째고 둘째고 막내인지는 알 수 없지만
검은색이 가장 많은 아이를 삼학이
다음으로 많은 아이를 이학이
가장 적은 아이를 일학이라

우린 부르는데

일학이는 말이 많고
이학이는 잠이 많고
삼학이는 사람만 보면 움찔하는
아기 고양이

떠나간 구월이가 다시 돌아온다면
일학이와 이학이와 삼학이를
다시 알아볼까 감싸 줄까

우린 삼학이라
사람만 보면 움찔했고
이제 곧 떠날 일만 남았다
구월이다가
아니, 벌써 구월 아니다
시월이다

금정역

안녕, 나는 이제 여기서
산본수리산대야미반월상록수역으로
너는 이제 저기서
군포당정의왕성균관대화서역으로

등교 때마다
서울과 가까워지다가
하교 때마다
서울과 멀어져 버리는데

서울로 들어가란 말만 듣고
서울로 들어가는 법만 배우고
서울서 멀어지면 뭐가 있는지
서울서 멀어져서 어떻게 사는지
좀처럼 듣고 배우기 힘든데

친구야, 우리 어른 되면
경주 가서 같이 살래?

목포 가서 같이 살까?

금정역에서 출발해서
명학안양관악 쪽으로 말고
범계평촌인덕원 쪽으로 말고

집에 가는 방향으로
서울에서 멀어지는 방향으로
멀리 저 멀리 가는 거지
기차 타고 버스 타고

안녕, 나는 이제 여기서
안녕, 너도 이제 여기서
시도 쓰고 책도 읽자

조금 더 멀어지는 방향으로
조금 더 흩어지는 방향으로
그래그래, 저기로

꾹

내 웃음 버튼은
왼쪽 겨드랑이 아래 어디쯤 있어서
저 멀리서 달려와
아플 정도로 낀 네 팔짱에
웃음을 참을 수 없고

내 눈물 버튼은
오른쪽 겨드랑이 아래 어디쯤 있어서
뜯어진 교복 실밥을
매만지는 네 손길에
눈물을 참을 수 없었는데

"나 학교 다니기 싫어, 자퇴할 거야
집에서 읽고 싶은 책 읽으며
검정고시 볼래."

네가 떠나면 이제
내 버튼 눌러 줄 사람은 아무도 없어서

웃지도 울지도 않게 될 텐데

"팔 벌려 봐 한번만 안기게"

내 품에 네가 쏙 들어오면서
두 개의 버튼이
꾹
동시에 눌린다

웃음과 눈물이 동시에 나오는데
가지 말란 소리는 나오지 않았다
참았다

꾹

쓸모없는 선물

쓸모없는 선물, 줄여서 쓸없선

선물 아닌 순간 쓸모없음

선물 되는 순간 쓸모 있음

내가 주는 순간 쓸모 있음

네가 받는 순간 쓸모 있음

내가 눈치 보는 순간 쓸모 있음

네가 짜증 내는 순간 쓸모 있음

네가 주는 순간 쓸모 있음

내가 받는 순간 쓸모 있음

내가 빵 터지는 순간 쓸모 있음

네가 뿌듯해하는 순간 쓸모 있음

우리 키득대는 순간 쓸모 있음

순간 기억할 때까지 쓸모 있음

우리 기억할 때까지 쓸모 있음

기억 흐려지는 순간 쓸모 조금 없음

기억 사라지는 순간 쓸모 없음

기억 아닌 순간 선물 아님

선물 아닌 순간 쓸모없음

기억 아닌 순간 선물 없음 쓸모없음

쓸모없는 선물 언젠가 쓸모없음

쓸모없는 선물, 순간 쓸모 있음

쓸모 있는 순간, 우리가 있음

선물 있음 우리 있음

죽을 사람 손 잡기

마지막으로 잡아 보는 손은
어쩌면 처음 잡아 보는 손

왜 이렇게 늙었어요?
마치 젊었을 때라곤 없었던 것처럼
다른 친구들은 할머니랑
네 컷 사진도 찍는다던데

왜 이렇게 아팠어요?
마치 건강한 때라곤 없었던 것처럼
다른 친구들은 할머니랑
자전거 라이딩도 한다던데

하고 싶었다면 할 수도 있었을 일
늙어 버린 사람이 핑계인 양
아파 누운 사람이 잘못인 양

할머니가 젊고 건강한 때를

기어코
잊어버리려고 하는 양

엄마에게도 아빠에게도
물을 수 없는 질문을
맘속 혼자 던지면

언젠가 할머니의 손을 잡고
마트에서 장을 보다가
함께 아이스크림을 먹었던
그런 기억도 나는데

왜 이렇게 늦었어?
왜 이렇게 말랐어?
물어보는 목소리는 이제
산소 공급기에 막혀

그냥 손만 잡아 봐요

언젠가 잡아 본 적 있었을 손
낯설어 금방 놓고 말아요
처음 잡아 보는 듯한 손

이제 병실 밖을 나서면
사진으로만 다시 만날 수 있어서
마지막으로 마지막으로
하고 싶은 말을 하라는데

떠오르는 말은 많은데
알맞은 말은 없는 것 같아서
왜 이렇게……
말을 잇지 못하고

그냥 다시 한번 손을 잡아요
그리고 금세 다시 놓아요

타임캡슐

일 년 전으로 돌아가면 나는
미워하는 친구들과 미워하는 선생님을
오랫동안 노려보고

한 달 전으로 돌아가면 나는
울고 있는 엄마와 한숨 쉬는 아빠를
잠깐만 쳐다보고

일주일 전으로 돌아가면 나는
한 줄로 몬 답안지와 책상에 엎드린 나를
끝끝내 외면하고

하루 전으로 돌아가면 나는
죽고 싶다고 쓴 일기와 마지막으로 남긴 편지를
울면서 찢어 버릴 텐데

시간 여행 후 돌아온
오늘의 나는

살아 있긴 한데 조용히 누워 있긴 한데
잠깐만 눈 붙이고 일어나

한 시간 전에 쓴 이 글을
조용히 지워 버릴 거야

10월

10월을 시뷜이 아니라
시월이라 발음해야 하는 건
시뷜이 욕 같아서가 아니라
시뷜이, 비읍이
발음하기 불편해서라는데,
이뤌이나 사뤌, 치뤌이나 파뤌은
미음이나 리을은
그대로 두고
시뷜만 시월로
유궐만 유월로
발음해야 하는 건
비읍이나 기역은
부드럽지 않아서라는데
거칠고 모나서라는데
누구는 두고 누구는 빼 버리는 건
어른들 입에 맞거나
맞지 않아서라는데
그들 입에 그들 귀에

불편하고 불쾌해서라는데
그냥 싫어서라는데
시뻘이나 유퀄이 싫어서라는데
하기 좋은 말만 하고
듣기 좋은 말만 하란 거라는데
올해 10월은 어쩐지
누군가를 빼고 싶지 않아서
남들 눈에 부드럽고 싶지 않아서
지키라는 거 좀 지키고 싶지 않아서
비읍 사수해 본다
표준 발음법 어겨 본다
10월은 시뻘
시월 말고 시뻘

마니또

웃음이 많은 친구, 웃음이 많아서
친구가 많고요
질투가 많은 친구, 질투가 많아서
친구가 많은데요

웃음도 없고 질투도 없어서 나는
친구가 없습니다
친구도 친구 비슷한 것도 없어서 나는
웃음도 질투도 없습니다

내 특기는 무관심
내 취미는 무표정

적당히 있다가 적당히 가는 것이
오늘의 학습 목표
아침 점심 저녁 식후 세 마디가
오늘의 발화 권장량

이런 사람도 있고 저런 사람도 있는 교실이라
없는 사람, 없는 듯한 사람도 있는 교실이랍니다

오늘 내 번호는 16번, 내일 내 번호가
17번으로 바뀐대도 아무도 신경 쓰지 않을 것 같은데

정연아, 네 생일 언제랬지?
웃음이 많은 친구, 웃으며 내게 말을 걸고요
야, 너 그거 왜 물어봐?
질투가 많은 친구, 찌푸리며 한마디 보탭니다

넌 몰라도 돼, 그 말에
난 이미 다 알아 버린 거 같은데

멋쩍게 대답하고 멋쩍게 미소 짓는 게
오늘의 할 일
적당한 선물 받고 적당히 미소 짓는 게
언젠가의 할 일

친구가 많은 친구, 친구가 많아서
웃음도 질투도 많고요
친구가 없는 친구, 친구가 없어서
할 일도 할 말도 없습니다

어른들의 일

내가 좋아하던 선생님이
내일부터 학교에 못 나오는 건
우리들은 알 필요 없다는
어른들의 일 어른의 사정

아무 일도 없었던 척
수업을 듣고 과제를 하는 건
학업에 충실해야 한다는
학생들의 일 학생의 사정

가르쳐 주는 것보단
가르쳐 주지 않는 것들이 더 궁금해서

선생님께 메시지를 보낸다
그간 감사했어요 다 선생님 덕분이에요
라 보내고
그런데 무슨 일 때문이세요?
라 보내려다

어른들의 일이면
어른들의 일로 남겨 둬야지
어차피 일 년 뒤엔 나도
가르쳐 주지 않아도
알게 되는 것들이 많을 텐데

꼭 다시 뵙고 싶어요
저 졸업하면 꼭 술 사 주세요
라 보낸다

보낸 메시지 앞의 1이
잘 사라지지 않는다

814만 5060분의 1

로또를 사며 아빠는
내게 숫자 여섯 개를 골라 보라는데

3, 그냥 좋아하는
7, 러키 세븐을 뺄 순 없지
11, 내가 태어난 달
16, 내가 태어난 날
33, 좋아하는 숫자가 둘이나

나머지 하나는?
49, 러키 세븐 곱하기 러키 세븐!

바보야, 로또 번호는 45까지 있는 거야
바로 면박을 먹었는데,
로또 한 장 못 사는 청소년이
어떻게 그걸 아냐고

로또 1등 되면

뭘 갖고 싶은지 말해 보래서

하나, 지금보다 큰 내 방
둘, 내 아이돌의 콘서트 맨 앞줄
셋, 그리스랑 터키 여행
넷, 새 핸드폰, 새 노트북
다섯, 라식이랑 치아 교정!

마지막 하나는?
여섯, 엄마 아빠가 제발 좀 덜 싸웠음 좋겠어

바보야, 그건 로또 1등보다 더 어려운 거야
바로 면박을 먹었는데,
아니, 맨날 돈 때문에 싸우면서
로또 1등이 되어도 왜
그 싸움은 안 끝나냐고

다섯 가지 소원 다 취소하면

여섯 번째 소원 이뤄지냐고
49가 당첨 번호가 되면
로또 1등으로도 안 되는 게 이뤄지냐고

로또 1등 확률 814만 5060분의 1
그보다 어려운 게
부부 싸움 안 하는 거라면
결혼은 왜 한 거냐,
뭐 하러 한 거냐 대체, 투덜대면

당첨인 것 같아서, 1등인 줄 알아서 결혼한 거라며,
너 만나려고 결혼한 거라며
넉살을 부리는 아빠 때문에
피식, 웃음은 나온다

이 웃음 만나려고 네 엄마 만난 거라고
814만 5060분의 1보다 어려운 일 해낸 거라고
1등 되면 아빠랑 터키 여행 가자고

2절 3절도 모자라 4절까지 하는 아빠 때문에
로또 번호 두 개는 고쳐 적는다

7 대신 9
49 대신 28
아빠 생일 9월 28일

토요일

딸, 오늘은 외식하자
엄마 좀 꼬셔 봐

소파에 속옷 차림으로 드러누운 아빠는 꼭,
제 입으로 말하기 힘든 건
내 입을 빌리려 해

확, 아빠에게 짜증 내기도 전에
확, 엄마에게 투정하기도 전에

할 거면 둘이 하라고 해
난 그냥 대충 때울 테니

식탁에 추리닝 차림으로 앉은 엄마는 꼭,
쌀쌀맞은 말은 항상
내 입을 빌려서 해

24평 같은 공간 속에서

벽을 사이에 두지 않고도
둘은 가장 멀어지는 방향으로 대화한다

한 명은 강릉으로
한 명은 부산으로
떠나려는 것마냥

나는 강릉, 부산 중
어디로 따라갈까 하다가
그냥 전주로 향한다

두 분이서 드세요
난 친구랑 약속 있어

아무 가방이나 집어 들고
일단 나가야지

엄마한테 오천 원 받고

아빠한테 오천 원 받아서
혼자 비빔밥이나 사 먹고 올까

잘 비벼지지 않는 것들 위에
참기름을 듬뿍 뿌려
나 혼자 비벼 볼까

한 술 크게 떠서
아빠의 입도 엄마의 입도 아닌
내 입에
한가득 채워야지

일요일

엄마는
교회 가서 안 오시고

아빠는 아침부터 쉴 새 없이
청소기를 돌린다

아, 제발 좀

음악을 크게 틀어 보았다가
베개에 얼굴을 박아 보았다가
그만
고함을 크게 지른다

아빠, 나 시 써야 돼!

더 빨아들일 것도 없는 것 같은데
더 깨끗해질 것도 없을 것 같은데
청소기를 붙잡고 있는 아빠와

더 보탤 것도 없는 것 같은데
더 뺄 것도 없는 것 같은데
키보드를 붙잡고 있는 나는

문 하나를 사이에 두고
각자의 최선을 다한다
지금은 모든 것이 최악이라는 듯

엄마는
교회 가서 안 오시고

나는 시에서 엄마도 빼고 아빠도 빼고
나만 남기려는데
벌컥, 문이 열리고

야, 니 방은 니가 해

더 좋아질 것도 없이
더 싫어질 것도 없이
우린 같이 살아야 하고

아침부터 쉴 새 없이 강아지는
청소기를 쫓아다니는 중

간밤에 연락도 없이 안 들어온 언니가
비밀번호를 누른다

아빠가 어제 바꿔 놓았는데

죽은 강아지 밥 주기

강아지는 죽었어도
우리는 밥을 먹는다
낑낑대는 강아지 없어서
좀 더 편하게

아무래도 오늘은
고기 반찬은 먹을 수 없어
나물 몇 가지랑 생당근을 반찬으로
밥을 씹는데

흰밥처럼 하얬던
강아지 이름은 설기
이제는 새하얀 가루가 되어
강을 타고 바다로 흘러가는 중

설기가 당근을 참 좋아했지?
조용했던 식탁에
아빠가 말을 꺼내니

언니는 가만히 일어나
강아지 밥그릇에
당근 하나를 올려 두는데

혼자 춥고 배고프겠다
열어 둔 창문으로 쌀쌀한 바람이 들어오고
굳는 밥, 식는 국
지금쯤이면 파주쯤 갔으려나

강아지는 죽었어도
우리는 밥을 먹는다
낑낑대는 강아지 없어서
좀 더 조용하게

제4부

스무 살
되는 게
넘 어려워서

한 번 더, 11월

제일 먼저 푸바오를

보러 가려 했는데

이미 중국으로 돌아가 버린 팬더곰을

보러 가려 했는데

겨울이 오면 늦을까 봄이 오면 떠날까

지금,

보러 가려 했는데

수험생 할인해 주는 11월에,

아무도 나무라지 않을 11월에

보러 가려 했는데

보고 싶은 것들을

보러 가려 했는데

내년이 되면 봄이 되면 스무 살이 되면

늦는 것들이 너무 많아서

지금,

보러 가려 했는데

11월에

보러 가려 했는데

지금이 아니라면 안 될 것들을

보러 가려 했는데

한 번 더, 12월

다행히 미치지 않았죠
미칠 만큼
당최 뭘 하질 않았거든요
다 노력이 필요한 법이잖아요
그렇잖아요? 그러셨잖아요?
식은 죽을 먹는 데에도 숟가락은 떠야 하는 법
누워서 떡을 먹는 데에도 꼭꼭 씹기라도 해야 하는 법
이것도 저것도 못 해서
발등의 불이 손등의 불이 될 때까지
아무것도 못 했습니다
아무것도 안 했다의 다른 말입니다
그래서 다행히도

다행히 지치지 않았죠
지칠 만큼
당최 뭘 하질 않았거든요
신중함이 필요한 법이잖아요
그렇다면서요? 그러라면서요?

돌다리를 두드리다 보니 건너지 못하고
아는 길도 물어 가래서 모르는 길이 돼 버렸고
끝은커녕 시작도 못 만나서
소 잃고 나서야 외양간을
고쳐 봅니다 아니
일단 한참을 쳐다봅니다
한 해가 어찌 이리 가 버렸나 곱씹어 봅니다

들어야 할 말들을 듣다가 너무 많은 말을 들어서
내 맘속 말은 하나도 못 들었나 봐요

맥시멀리스트

인형들을 모두
버리기로 했다 이젠
거들떠보지도 않고
안고 자지도 않으며
먼지만 앉아 꼬질꼬질해졌으니까
난 이제 소년이나 소녀가 아니니까

이 돼지 인형은
작년 내 생일에 내가 나한테 줬던 선물
뚱뚱하고 못생긴 게 나 같아
오천 원 주고 샀었는데
난 아직 뚱뚱하고 못생겼고
일 년밖에 안 돼 아직 깨끗해
일단 그냥 두기로 한다

이 토끼 인형은
중3 때 단짝이 전학 가며 줬던 선물
지금은 잘 지내려나

연락한 지 이 년이 넘었는데
담에 혹시 만나 인형 얘기 꺼내면 좀 어색할지 몰라
일단 그냥 두기로 한다

이 피카츄 인형은
언니랑 둘이 여행 갔을 때 인형 뽑기에서 뽑은 것
이 강아지 인형은
백일장 장원 축하한다며 삼촌이 사 준 것
이 오리 인형은
이 곰 인형은
이 인형은……

하나도 못 버리고
일단 그냥 두기로 했다 앞으로도
거들떠보거나 안고 자지도 않겠지만
먼지만 털어 내고 세탁기에 넣는다
추억들이 좀 씻겨 나가면
그때는

내년의
내년이 안 되면 내후년의
나에게 맡긴다
스무 살이 되면 그땐 정말
소년이나 소녀가 아닐 테니까

버려야 하는 건, 아니
버릴 수 있는 건
좀 더 쉽게 버릴 수 있을 테니까

한 번 더, 1월

교실은 추워
난방을 틀어도 추워, 28도까지 올려도
추워 네 명뿐인
교실은 추워
일찌감치 자퇴한 16번이 두고 간
담요를 덮어도, 온몸을 감싸도
추워 교실은
너무나도 넓어서
빈자리가 너무 많아서
교실은 추워
이미 합격해서 나오지 않는 친구들과
학교 대신 학원으로 출석한 친구들이 오지 않는
교실은 추워
선생님이 졸고 있는
각자 멀리 떨어져 앉은 교실은
추워 1월은
몸이, 교복을 입은 몸이
마음이, 교복을 입지 않은 마음이 더

추위 교실은
아무것도 하지 않고 있는
아무것도 하지 못하고 있는
교실은 추위
1월이라 추위, 1월이 아니라도
올해는 시작부터, 아니면 이제 곧 끝이라서
추위 교실은
하루 종일 추위

자기소개

시를 쓰기 시작한 이유는

숨기고 싶은 게 많아서가 아니라

말을 고르는 데 시간이 오래 걸리는 사람이어서

시를 그만두려는 이유는

말을 고르는 데 지치고 힘들어서가 아니라

숨기고 싶은 게 많은 사람이 되어서

파일명: 2월 29일

이 파일을 완전히 삭제하시겠습니까

근엄하게 물어보면
머뭇거리게 된다
예,라고 답변하면
정말 큰일이라도 날 것만 같아서

아니요,에 커서를 두고
답변부터 연습한다

예, 이 파일을 완전히 삭제해 주세요
그렇다고 큰일이 나진 않는다고 말해 주세요
망친 일들을 오래 담아 두는 것은 건강하지 못하다고
상처와 흉터가 꼭 성장에 도움이 되는 것은 아니라고
지나간 일들, 기억하기 싫은 일들,
앞으로, 앞으로
잘 지워 버릴 수 있을 것이라
완전히 삭제할 수 있을 것이라

당신의 질문에
쉽게 쉽게
예,라고 답변할 수 있을 것이라 말해 주세요

정중한 질문에
간절하게 답변하는 연습
건방지게 답변하면 큰일이라도 날 것 같아서
고개도 앞으로 숙이며
예,를 클릭한다

115개의 파일이 삭제되었습니다
다시는 되돌릴 수 없습니다
미완과 실수 들을 제거해 드렸습니다
원한다면 당신의 기억에서도 지워 드립니다
추천이나 권장을 하진 않겠지만
그렇다고 만류하거나 폄하하지도 않겠습니다
큰일이 나는 건 아니에요
괜찮아요 너무 걱정 말아요

당신의 바탕화면은 이제 깨끗해졌습니다

간절하게 답변하면
다정하게 되돌아온다

1개의 파일을 삭제할 수 없습니다

그건 뭘까, 열어 보면
비밀번호가 걸린 단 하나의 문서
기억나지 않는 비밀번호를
지금부터 떠올려 본다

한 번 더, 2월

담배 한 대 안 피웠다
(스스로를 칭찬함)

술은 몇 모금 마셔 봄
(부모님 허락받고 마심)

연애 세 달 해 봤고
(해 본 거 같지도 않음)

짝사랑도 많이 함
(몇 번은 들켰지만)

친구도 그냥 몇 명
(근데 친구란 것의 기준은 뭐지?)

공부는 그냥 적당히 했다
(잘한 것도 못한 것도 아닌)

시는 제법 많이 썼고
(내가 쓴 것도 시라 부를 수 있다면)

일기는 더 많이 썼다
(찢어 버린 낱장도 많지만)

관심들은 넘 무거웠고 무관심들은 넘 무서웠는데
(견딜 수 있을 줄 알았지)

기대들은 넘 따가웠고 실망들은 넘 뜨거웠는데
(참을 수 있을 줄 알았다니깐)

이제 다 끝났다 몇 개의 꽃다발과 함께
(이 중 하나는 내 스스로 산 것)

교문 밖을 나선다
(다시 들어올 일 없는)

눈 온다
(그래서 별로 안 춥다)

대학은 가지 않기로 했다
(못 간 거 아니냐 해도 할 말은 없다)

올해는 그냥

열아홉 살 하기로 했다
(스무 살 되는 게 넘 어려워서)

인용 출처

41쪽, 「모의고사」

* 송경동, 「나는 한국인이 아니다」, 『나는 한국인이 아니다』, 창비, 2016.

65쪽, 「5월」

* 윤하, 「사건의 지평선」.
** 악동뮤지션, 「후라이의 꿈」.

80쪽, 「7월」

* 주민현, 「지속 가능한 이야기를 찾아서」, 『멀리 가는 느낌이 좋아』, 창비, 2023.

생활이라는 연기, 생활이라는 진심

배수연 시인

예고생은 분명 남다릅니다. 가장 단순한 이유로는, 예고는 일반고가 아니라 특목고이기 때문입니다. 예고생이 되기 위해서는 입시를 치러야 해요. 자신의 재능을 시험을 통해 검증받고, 일찍이 전공을 선택해 예술가에게 가르침을 받습니다. 무엇보다 고등학생이 되기 전부터 '예술'을 자신의 정체성이자 미래로 진지하게 선택했다니, 뭔가 근사하다는 생각이 들어요.

그중에서도 특히 문창과에서 시를 쓰는 청소년이라면 남들이 그 아우라를 발견하기도 전에 자기 자신을 특이한 경우라 분류할 거예요. 일단 그 수가 무척 적으니까요. 보세요, 이 글을 읽는 당신은 '문예 창작과'라는 전공이 편성된 고등학교가 있다는 사실조차 방금 알지 않았나요? 이미 알고 있었다면, 이들이 전국적으로 얼마나 '소수'인지도 짐작할 거예요.

권창섭 시인의 청소년시집 『우리 그런 말 안 써요』에는 문창

160

과 안에서도 '시'를 전공으로 택한, 시인이 되려는 고등학생 화자들이 등장합니다. 그런데 '시인'이라뇨. 조심스러운 말이지만, 시인은 이 시대가 열망하는 부나 지위, 권력과는 한참 동떨어진 직업이에요. 아마도 당신은 평소 시인이란 직업에 대해 이런 염려를 품었을지도 몰라요. 글쎄, 시를 쓴다는 건 멋지지만 어떻게 먹고사는 걸까? 너무 낭만적이기만 한 건 아닐까? 윤동주, 백석, 이상, 김수영…… 금방 얼굴이 그려지는 이 시인들의 사진 속 눈빛을 떠올리면 어딘가 현실과는 다른 신화적인 분위기가 느껴지죠. 시를 쓰는 고등학생이라니, 왠지 우수에 찬 발걸음으로 어디선가 낙엽을 밟으며 걷고 있을 것만 같아요.

담임은 내가 할게 반장은 누가 할래
아무도 손 안 들면 내 맘대로 시킨다
추천할 사람 있으면 추천해 봐
얘요 쟤요 이러지 말고 이름을 정확히 말해
종례 시간에 선거할 테니까 후보들 정해 놓고
1번이랑 2번이 일주일간 주번 해 주고

딴 쌤들한테 쌤 안 부끄럽게 사고들 치지 말고
지각이나 결석 할 것 같으면 미리 연락 주고
수업 중에 혹시 아프면 주저 말고 보건실 가고
싸우지들 말고 아니, 싸우면 꼭 화해들 하고

공부는 못해도 돼 늬들이 잘하겠니
일 년간 쌤 속 썩이지만 마라

갑자기 드르륵 앞문이 열리고
야, 너 교탁에서 뭐 해?
쌤, 쟤가 쌤인 척 연기했어요!
그래? 그럼 네가 일 년간 담임 해라 쌤이 학생 할게
온 반이 까르르

—「3월」부분

　하지만 시집을 열자마자 이러한 선입견은 단박에 깨지고 말죠. 3월, 새 학년 시작부터 펼쳐지는 이 능숙한 '생활 연기'를 보세요. 으레 담임 교사에게 들을 법한 맞춤형 대사에 맞아 맞아, 공감 중이었는데 아뿔싸, 학생들의 능청스러운 콩트였다니! 깜빡 우리를 속이고도 천연덕스러운 이 시처럼 대범하고 재치 넘치는 화자들 모습에 웃음이 터집니다. 시집을 막 펼친 우리의 낯섦도 새 학년의 긴장이 풀리듯 사라져 버려요. 아, 이 예비 시인들도 여느 청소년처럼 '도덕' 책을 '똥떡' 책으로, '국어' 책을 '북어' 책으로 바꿔 놓는, 두서없이 용감하고 대책 없이 시시껄렁한 십 대들이구나!
　『우리 그런 말 안 써요』에는 「3월」에서 시작해 「다시, 3월」을 맞는 예고생들의 일 년이 무척이나 솔직하고 생생하게 그

려집니다. 마치 예고생이 직접 기획하고 촬영한 밀착 다큐멘터리나 인디 영화를 보는 듯하죠. 이들은 시 전공자답게 매일 시를 씁니다(「매일 시 쓰는 사람」). 자신의 시로 진지한 낭독회를 열고(「낭.독.회.」), 세미나에선 근거를 들어 시평을 합니다(「급식 시간」, 「ENFP a.k.a. 꽃밭」). 친구의 시를 읽고 "눈물도 없이" 울기도 하고(「이해 더하기 오해는 친해」), 지적이고 치명적이며 신경을 많이 써 주는(또는 그런 척하는) 시인 선생님에게 창작 지도도 받습니다(「아침이 밝았습니다 고개를 들어 주세요」).

대부분의 청소년에겐 사뭇 낯선 일과인데도 이들의 일상을 따라가다 보면 내 마음을 들킨 듯 흠칫 놀라고, 내 친구 같아서 웃음이 나고, 우리 선생님과 할머니를 보는 듯 뭉클해져요. 이 화자들의 경험이 충분히 고유하고 개성적이면서도 타인의 삶과 접속될 수 있는 보편성을 품고 있어서이겠죠. "특수한 사적 경험이 발생하면 바로 시로 옮겨야죠", "보편적인 사유라도 어휘나 문법을 달리 비틀어 보면 특수성을 확보할 수 있겠죠"(「아침이 밝았습니다 고개를 들어 주세요」)라고 말하는 선생님의 말처럼요.

하지만 우리가 이 시집에 깊이 공감하며 화자들과 연결감을 느끼는 근본적인 이유는 이들의 목소리가 독자인 우리 안에도 존재하는 '시인의 마음'을 깨워 놓기 때문이라 생각해요. 시인의 마음이란 건 유난히 특별한 마음은 아니에요. 저는 이따금 머리를 들어 하늘을 바라보는 마음이 시를 읽는 마음과 비슷하다고 생각해요. 문득 머리 위 하늘을 올려다보는, 잠시 그 까마 득함에 눈을 맞춰 보고, 때론 어디에 시선을 둘지 몰라 서성이 는 바로 그 마음 말이에요. 하늘을 바라보며 알 수 없는 일렁임 이나 먹먹함을 느꼈던 순간을 떠올려 보세요. 무너진 케이크를 닮은 여름 구름, 해 질 녘을 물들이는 진홍 태양, 밤하늘의 초승 달과 작은 별빛, 아니면 그저 텅 빈 공간 자체를 바라보는 그 마 음이 바로 우리로 하여금 시를 읽고, 시를 쓰게 하는 게 아닐까 생각해요.

친구는 제목을 읽은 뒤
자신의 이름을
한 글자
　　　　한 글자
　　　　　　한 글자
끊어서 읽었다

생각해 본 적 없었는데 성이 참 특이했구나
가운데 글자에선 파도 소리가 들리고
마지막 글자를 들으니 잠시 이곳이
교실이 아닌 것처럼 느껴져서

미안,

네 이름 생각하느라
시 낭독 제대로 못 들었어
다시 낭독해 달라 부탁하진 못하겠지만

네가 읽은 네 이름은
내가 부르는 네 이름과 다르고
선생님이 부르는 네 이름과도 다르고
칠판에 적혀 있는 네 이름과도 다른데

이미 시인인 것 같았어
평소의 너는
영원히 시인이 못 될 것만 같은 모습인데

다음은 내 차례다
모두들 눈 감아 줄래?
나 역시 이름을
한 글자
       한 글자
             한 글자
끊어 읽어 본다

—「낭.독.회.」 전문

이 화자는 낭독회에서 친구가 자기 이름을 소리 내어 읽는 순간, 익숙한 그 이름을 한 자 한 자의 낯설고 아름다운 음성 언어로 경험합니다. "네가 읽은 네 이름은/내가 부르는 네 이름과 다르고/선생님이 부르는 네 이름과도 다르고/칠판에 적혀 있는 네 이름과도" 다르다며 그 차이가 만들어 낸 섬세하고 자유로운 공간을 음미해요. 이름의 가운데 글자에선 "파도 소리가 들리고" 마지막 글자에선 "잠시 이곳이/교실이 아닌 것처럼 느껴"진다니. 네가 네 자신을, 내가 내 자신을 이 순간과 장소로 호명하는 마법 같은 순간입니다. 이제 막 시가 시작되었는데 화자도 낭독자도, 그리고 이 시를 읽는 독자도 모두 시인이 되어 버려요.

그런데 이렇게 "센티멘털 멜랑콜리"(「지각왕」)한 '시인의 마음'을 깨워 내는 화자들의 목소리는 대체로 쿨하고 사뭇 퉁명스러워요. 『우리 그런 말 안 써요』에는 우리가 으레 시에서 예상하는 감성적인 시어나 서정적인 배경, 환상적인 은유나 상징이 등장하지 않아요. 오히려 냉정할 정도로 현실적이죠. 학업, 진학, 경쟁, 이별, 갈등 등을 통과하는 이 청소년들의 목소리는 대체로 시큰둥하고, 때론 냉소적이고, 이따금 무기력해요. 그러나 이들은 쉽게 비관하기를 선택하지 않아요. 그보다는 일상을 면밀히 관찰하고, 함부로 미화하는 일을 경계하죠.

올겨울이 제일 추웠던 것 같아

눈도 유독 많이 왔던 것 같아
오래 살진 않았지만
살 만큼 살았어
지금까지 중에 제일 심했다고 말하는 건
부끄럽지 않아 내가 그렇다면 그런 거지

2월이 가장 좋은 이유는
내 생일이 있기 때문도 아니고
세뱃돈을 받을 수 있어서도 아니고
학교를 안 가도 돼서가 아니고
이제 좀 덜 추워져서도 아니라

그저 그냥 제일 짧기 때문이야
3월보다 빨리 와서 1월보다 빨리 가는 2월은
재빨라서 쫓아가기 힘들고
미끄러워 잡아 두기 힘들지

양력 설과 음력 설 사이
난 나이를 먹은 것도 안 먹은 것도 아니고
겨울 방학과 봄 개학 사이
난 고3이 된 것도 안 된 것도 아닌데

확실한 건 올겨울이 가장 추웠다는 것이고
이제 좀 날이 풀렸다는 것이고
며칠 뒤 떡국을 먹고 나면
그보다 며칠 뒤 개학을 하고 나면
난 열아홉에 고3이 된다는 것인데

아마도 내 인생 가장 짧은 한 해가 될 거야
스물보다 일찍 와서 열여덟보다 빠르게 갈 올해는
재빨라서 쫓아가려다 울지도 몰라
미끄러워 잡아 두려다 넘어질지도 몰라

오래 살진 않았지만 알 수 있어
올해가 안 지났지만 알 수 있어
내가 그렇다면 그런 거지
전부 다 잘될 테니 걱정 말라는데
울지도 말고 넘어지지도 말랬는데

정말 다들
몰라서 하는 소리
아니면 다들 아니까
그냥 하는 소리 별 뜻 없이 하는 소리

2월이 후딱 왔다 후딱 가는 소리

— 「2월」 전문

이 시의 화자는 "양력 설과 음력 설 사이", "겨울 방학과 봄 개학 사이"인 2월처럼 "나이를 먹은 것도 안 먹은 것도 아니고", "고3이 된 것도 안 된 것도 아닌" 어정쩡한 상황에 놓여 있어요. 그는 이런 2월이 좋다고, 어떤 기대가 있어서가 아니라 그저 빨리 지나가기 때문이라고 심드렁하게 말하죠. "오래 살진 않았지만 알 수 있어/올해가 안 지났지만 알 수 있어/내가 그렇다면 그런 거지"라고 말하는 이 예비 고3의 괴상한 배짱과 무심한 말투에 피식 웃음이 나면서도 한편으론 씁쓸해져요. 그가 애써 감추는 불안과 두려움이 느껴지거든요. 다 아는 척, 관심 없는 척, 속지 않는 척하는 화자의 쿨한 목소리는 오히려 읽는 이의 마음 한편을 쿠욱 아프게 해요. 우리도 이 화자처럼 자기 자신에게 실망하고 타인도 실망시킬까 봐 두려운 마음에 지레 최악을 그려 놓고는 덤덤한 척할 때가 있죠.

이런 대한민국의 열아홉 살에게 사람들이 건네는 조언이란 도움은커녕 부담만 가중시켜요. "전부 다 잘될 테니 걱정 말라"는 말은 "전부 잘해야 해"라는 말과 같고, "울지도 말고 넘어지지도 말라"는 말은 "울거나 넘어지면 뒤처지는 거야"라는 말과 다름없으니까요. 화자는 사실 "전부 잘못돼도 괜찮아", "울어도 되고 넘어져도 괜찮아"라는 말을 듣고 싶었을 거예요. 하지만

이 세상이 그런 말을 서로에게 쉽게 허락하지 않는다는 것을
아는 화자는 모두 "별 뜻 없이 하는 소리"라며 태연한 척해요.
열두 달 중 가장 짧은 2월처럼 인생의 열아홉도 후딱 왔다 후딱
지나갈 거라 말하면서요.

> 10월을 시붤이 아니라
> 시월이라 발음해야 하는 건
> 시붤이 욕 같아서가 아니라
> 시붤이, 비읍이
> 발음하기 불편해서라는데,
> 이뤌이나 사뭘, 치뤌이나 파뤌은
> 미음이나 리을은
> 그대로 두고
> 시붤만 시월로
> 유궐만 유월로
> 발음해야 하는 건
> 비읍이나 기역은
> 부드럽지 않아서라는데
> 거칠고 모나서라는데
> (중략)
> 올해 10월은 어쩐지
> 누군가를 빼고 싶지 않아서

남들 눈에 부드럽고 싶지 않아서

지키라는 거 좀 지키고 싶지 않아서

비읍 사수해 본다

표준 발음법 어겨 본다

10월은 시뷜

시월 말고 시뷜

—「10월」 부분

『우리 그런 말 안 써요』 속 화자들이 보여 주는 이 특유의 '쿨함'은 감당하기 어려운 감정과 상황을 회피하려는 전략이기도 하지만, 때론 일상의 진부함에 묻힌 진실을 드러내는 도구가 되기도 해요. 「10월」의 화자는 일상어의 상투성과 표면성에 숨은 의도와 영향력을 비판적으로 인식하고, 10월과 6월을 '시월'과 '유월'이라고 읽는 세상에 스민 습성을 드러냅니다. 화자는 올해 10월은 '시뷜'이라고 발음하겠다는 사뭇 진지하고 과감한 반항을 결심하는데, 발음이 불편하다는 이유로 모나거나 거친 말을 쉽게 빼 버리는 일은 다루기 어렵다는 이유로 '특정 존재'를 쉽게 배제해 버리는 일로 확장될 수 있기 때문이에요. 시뷜 시뷜, 욕하고 싶어서가 아니라(조금 짜릿하긴 하지만), 지금 나는 진지한 저항을 하고 있는 거야. 들어 봐, 남들 눈에 부드럽지 않고, 지키라는 거 좀 무시해야 지킬 수 있는 소중한 가치도 있는 거라고!

만약 어떤 어른이 이들에게 청소년기의 반항과 방황도 다 의미가 있다고, 열심히 하지 않아도 인생이 기쁠 수 있다고 토닥토닥 응원해 준다면 어떨까요?『우리 그런 말 안 써요』의 주인공들은 끄덕이는 척하면서도 흥, 하고 귓등으로 흘릴 거예요. 이들에겐 추상적인 응원이나 위로보다 '생활'이란 증거가 가장 확실하고 진실하니까요. 언제나 '생활'은 구체적이고 생생하며 직설적이죠. 친하지 않은 친구와의 계면쩍은 대화(「다신 안 볼 친구 만나기」), 학교를 떠나는 선생님과 주고받는 문자(「어른들의 일」), 병실에서 죽어 가는 할머니의 손(「죽을 사람 손 잡기」)처럼요. 어른에겐 어른이 감당해야 할 생활이, 이들에겐 스스로 겪어 나가야 할 생활이 놓여 있어요.『우리 그런 말 안 써요』는 타인의 생활과 나의 생활이 교차하는 지점에서 '연기'와 '진심' 사이를 왕복하는 청소년들의 모습을 보여 줍니다.

미안해 사과할게
오늘은 내가 잘못했어
그러니 이제 우리

화해하자
꽁꽁 묶인 말들을 풀고
꽁꽁 언 마음들은 녹여

내일로 흘려 보내자
우리가 아직
싸우지 않은 곳으로
서로를 아직
할퀴지 않은 곳으로

그곳에 가면 화해한
우리가 다시
눈을 맞추고 있다가 괜히

잘 풀린 말 대신
배배 꼬인 말들로
잘 녹은 맘 대신
꽝꽝 굳은 맘들로

얽히고설킬 게
뻣뻣하고 또 팽팽할 게
뻔할 테니 그럴 테니

그러니 내일은
네가 사과해
네가 잘못한 게 아녀도

내가 잘못한 게 맞아도

오늘은 내 차례였으니
내일은 네 차례
모레는 다시 또

—「쎄쎄쎄」전문

「쎄쎄쎄」의 두 사람은 이 '연기'와 '진심'을 익숙하게 주고받
아요. 어쩌면 두 가지는 같은 말인지도 몰라요. 진심 어린 연기
나, 연기를 가장한 진심은 모두 이 먹먹하고 혼란스러운 '십 대
생활'과 '내'가 화해하기 위한 전략이거든요. 어쩌면 이 두 사람
도 같은 한 사람일지도 몰라요. 내가 나에게 하는 사과, 내가 나
를 허용하기 위한 매일의 중얼거림일지도 모르죠. 이 대화야말
로 우리가 이 '생활이라는 문제'를 풀어 가는 데 가장 중요한 힌
트 아닐까요. 비록 내일 또 같은 문제를 반복할지라도요.

우리에게 마침내『우리 그런 말 안 써요』가 도착해서 얼마나
다행인가요. 생활이라는 연기와 진심이 이토록 쿨할 수 있다니
말이에요. 웃음을 강요하지 않으면서 웃음을 주고, 슬픔을 강
요하지 않으면서 눈물을 글썽이게 하는 이 예고생들 덕분에 유
머를 소중히 여길 수 있게, 시큰둥한 척 눈물을 훔칠 수 있게,
무엇보다 시인의 마음을 발견할 수 있게 되었어요. 이 시집이
"오늘 완성되지 못한 시는 내일 다시……"(「매일 시 쓰는 사람」)

라고 적힌 메모지를 발견하게 해 주어서 한결 너그러이 오늘과
화해해요. 내일도, 모레도 그렇게 할 거예요.

시인의 말

수업 종이 치고 나서 헐레벌떡 들어가는 선생님이 되고 싶지
않았다.

언제나 일찍 창작실에 들어가 창문을 열고, 칠판을 닦고, 커
피를 마시고 있으면,

학생들이 교실로 쏟아진다. 안녕하세요. 졸려요. 배고파요.
오늘 수업 뭐 해요. 쌤, 어제 쟤가 저한테. 쌤, 저 화장실 갔다가
오 분 뒤에 들어갈게요. 내가 대답할 틈도 없이 말들이,

쏟아진다. 쏟아진 학생들이 자리에 앉으면,

우린 시를 쓰기 시작한다. 함께 혹은 혼자.

말을 쏟는 데는 거침이 없던 학생들이 글을 쏟는 데는 거침
이 많아진다.

오십 분간 글을 아끼고, 십 분간 말을 아끼지 않으며, 아침에
서 저녁이 된다.

이 책은
교실에 쏟아진 학생들이
교실에 쏟아 내던 말들을 생각하며 쓸 수 있었다.
그러나 그들이 쏟은 말들을 그대로 주워 담은 것은 아니다.

176

뜨거운 말들은 약간 식히고, 차가운 말들은 약간 덥혀서

날카로운 말들은 보다 무디게, 무딘 말들은 보다 날카롭게 갈고닦아서

눌러 담았다.

쓰는 데에 거침이 많았다.

여기에 적힌 말들은

그들이 쏟은 것이지만, 그들이 주인이지 않은 말들이고,

그들이 주인인 것은 아니지만, 얼마든지 주워 가도 될 말들이다.

─

어느 날인가 내가 참다못해

내가 있는 교실에선

"죽고 싶다"라는 말과 "뛰어내리고 싶다"라는 말을

절대 쏟지 말았으면 한다는 부탁이자 명령을 한 적이 있다.

이후로 학생들이 단 한 번도 그 말을 한 적이 없는 것은 아니나……

쏟고 나서 아차 한다거나

쏟은 이에게 눈치를 준다거나 하는 모습들이

고마우면서도 미안했다.

우리 그런 말 안 써요.

지금은 어디선가 다시 그 말들을 맘껏 쓰고 있겠지만,
난 그들이 그 말들을 쏟았다고 기억하진 않는다.
그래서 이 책에선 그런 말들을 쓰지 않았다.

—

안양예고 문예 창작과
38기 ㄱㅇ서, ㄱㅇ하, ㄱㄱ연, ㄱㅎ경, ㅅㅇ은, ㅅㅅ연, ㅇ
ㅅ아, ㅇㅈ은, ㅊㅇ지, ㅊㅇ나, ㅊㅇ성, ㅎㅈ우

36기 ㄱㅁ주, ㄱㅇ나, ㄱㅁ서, ㄱㅇ은, ㄴㅇ원, ㄹㅇ우, ㅂ
ㅅ람, 박ㅎㅇ, 안ㅇㅈ, 양ㅇㅈ, 유ㅎㅇ, ㅇㅁ혜, ㅇㅈ아, ㅇㅊ림,
ㅇㄴ경, ㅇㅁ지, ㅈㄱ은, ㅈㅇ아, ㅊㅇ진, ㅎㅈ윤, ㄱㅈ한, ㅂ
ㅎ빈, ㅅㄱ열, ㅇㅎ성

(이름을 담아도 된다는 허락을 구하지 않았기에 이름자 중 하
나만 밝혀 적는다. 이름이 같은 두 사람은 성을 구분해 적었다.)
이들은 내가 앉아 있던 곳에 쏟아진 학생들이며, 내가 주워
담지 못한 학생들이다.
이들이 쏟고 간 말들만 바닥에 남아, 난 빗자루를 들고 그 말
들을 곱게 쓸었다.
덕분에 이 책이 나왔다. 감사하다.

이 책을 들고 헐레벌떡 창작실에 들어가는 선생님이 되고 싶었으나 조금 늦었다.

대신 어딘가에서 이 책을 주워 갈 수 있게 되길 바란다.

시를 쓰고 시집으로 묶는 과정에서 많은 조언과 격려를 해 준 정다연 시인과 안미옥 시인께, 더욱 가치 있는 시집이 되도록 해 준 정원 작가와 배수연 시인께, 마지막까지 시집의 처음과 끝을 살펴 준 이혜선 편집자께도 큰 감사를 드린다.

시인의 말이 좀 길었다. 고마운 이름들을 주워 담는 데 시간이 오래 걸려서 그렇다. 올여름도 특히 길어서 그랬다.

2024년 10월

권창섭

창비청소년시선 49

우리 그런 말 안 써요

초판 1쇄 발행 • 2024년 10월 15일
초판 3쇄 발행 • 2025년 9월 18일

지은이 • 권창섭
펴낸이 • 황혜숙
편집 • 이혜선 박문수
조판 • 이주니
펴낸곳 • (주)창비교육
등록 • 2014년 6월 20일 제2014-000183호
주소 • 04004 서울특별시 마포구 월드컵로12길 7
전화 • 1833-7247
팩스 • 영업 070-4838-4938 / 편집 02-6949-0953
홈페이지 • www.changbiedu.com
전자우편 • contents@changbi.com

ⓒ 권창섭 2024
ISBN 979-11-6570-278-6 44810

KOMCA 승인 필